www.casterman.com

© Casterman 2001
Droits de traduction et de reproduction réservés pour tous pays.
Toute reproduction, même partielle, de cet ouvrage est interdite.
Une copie ou reproduction par quelque procédé que ce soit, photographie, microfilm, bande magnétique,
disque ou autre, constitue une contrefaçon passible des peines prévues par la loi du 11 mars 1957
sur la protection des droits d'auteur.
ISBN 2-203-15412-8

ZOÉ et THÉO
au cirque

Catherine Metzmeyer & Marc Vanenis

casterman

Cet après-midi, maman emmène Zoé et Théo au cirque.

— Restez ensemble, je vais chercher les billets, ordonne-t-elle.

Soudain Zoé s'écrie :
— Hé, Théo regarde, là-bas, le petit singe !
Si on le suivait ?
— Non, on reste ici !

Zoé est déjà partie, se faufilant entre les caravanes.
Il est là, le petit malin!

Zut! Il a disparu. Est-il entré dans cette roulotte?

— Que fais-tu ici, petite demoiselle ! déclare une grosse voix.
Zoé sursaute. C'est Aladin le magicien.

Maman est très inquiète. Où est Zoé?
Soudain, le clown Pipo vient lui parler à l'oreille:
«Zoé est retrouvée!».

« Entrez, entrez, le spectacle va commencer ! »
« Et Zoé ? » demande Théo. Mais maman n'a pas le temps
de dire un mot : le rideau s'ouvre. Aladin apparaît.

De son manteau, le magicien sort des fleurs, des lapins, des ballons, des pigeons…

et... Zoé!

Sous un tonnerre d'applaudissements, Pipo la conduit près de sa maman. Théo n'en revient pas.

À l'entracte, Maman gronde Zoé.
Mais les pop-corn font tout oublier.

C'est déjà la parade finale!
Le singe Jojo entraîne Zoé et Théo dans le défilé.

Sacrée journée !

En sortant, Zoé déclare :
— Moi, plus tard, je serai magicienne ou...
— ou bien singe Jojo ! répond Théo moqueur.

Imprimé en Italie.
Dépôt légal février 2001; D2001/0053/110
Déposé au ministère de la Justice, Paris
(loi n° 49.956 du 16 juillet 1949 sur les publications destinées à la jeunesse).